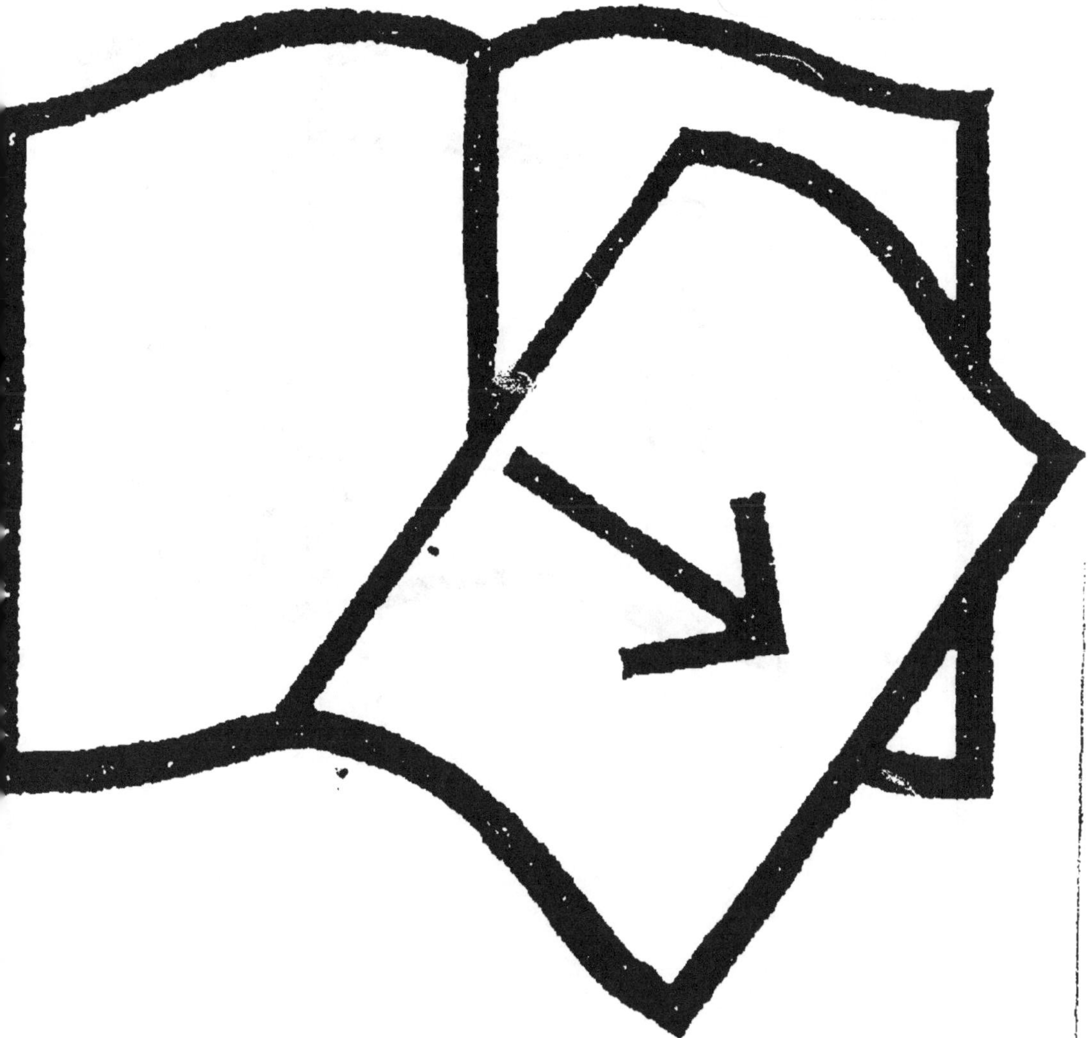

Couverture inférieure manquante

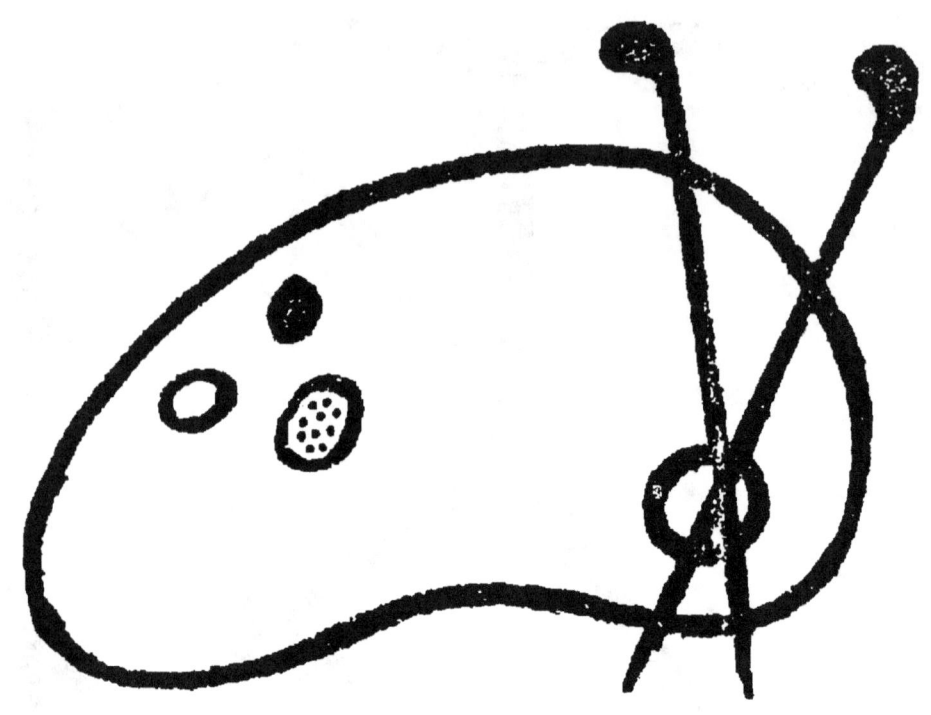

Original en couleur

NF Z 43-120-8

Consumer les
conventions

BRINDEAU

Ouvrages du même auteur :

PUBLICATIONS

SUR LA COMÉDIE-FRANÇAISE

REGNIER, sociétaire. 1 vol. in-18, avec portrait à l'eau-forte. — 1872.

MADAME ARNOULD-PLESSY. Brochure in-18. — 1875.

BRESSANT, sociétaire. 1 vol. in-18, avec portrait à l'eau-forte. — 1877.

LA COMÉDIE FRANÇAISE (1680-1878), monographie dans la collection des *Foyers et Coulisses*. 2 vol. in-16, avec photographies.

LÉON GUILLARD, archiviste de la Comédie-Française. 1 vol. in-18, avec portrait à l'eau-forte. — 1878.

JOURNAL INTIME DE LA COMÉDIE-FRANÇAISE (1852-1871). 1 fort vol. in-18. — 1879.

LA COMÉDIE-FRANÇAISE (en 1879). 1 vol. grand in-folio, avec 24 portraits en photogravure. Préface par Ed. Thierry. — 1879.

LA COMÉDIE-FRANÇAISE A LONDRES (1871-1879), contenant l'historique des voyages de la Comédie-Française en 1868, 1871 et 1879, par Georges d'Heylli; le Journal inédit de Got (voyage de 1871) et le Journal de Sarcey. (voyage de 1879) 1 vol. in-18. — 1880.

VERTEUIL, sécrétaire général de la Comédie-Française. 1 vol. in-18, avec portrait à l'eau-forte. 1882.

RACHEL D'APRÈS SA CORRESPONDANCE, 1 vol. in-8, avec 4 portraits à l'eau-forte. — 1882.

IMPRIMERIE GÉNÉRALE DE CHATILLON-SUR-SEINE. — J. ROBERT.

GEORGES D'HEYLLI

BRINDEAU

SOCIÉTAIRE RETIRÉ
DE LA COMÉDIE-FRANÇAISE

(1814 — 1882)

PARIS
TRESSE, ÉDITEUR
8, 9, 10, 11, GALERIE DU THÉATRE-FRANÇAIS
PALAIS-ROYAL

1882

BRINDEAU

I L nous semble qu'on n'a pas rendu à Brindeau toute la justice que lui méritait son talent, et qu'il a disparu sans que sa mort ait été suivie des éloges et des regrets qui ont accompagné beaucoup d'autres comédiens qui ne le valaient point. Cela tient aussi à ce que Brindeau était d'allures réservées et modestes, éloigné des coteries et des camaraderies compromettantes, et qu'il plaçait sa propre dignité au-dessus même de sa réputation. Brindeau a occupé cependant une grande situation artistique, soit par suite du long séjour qu'il a fait à la Comédie-Française, soit en raison des rôles importants qu'il a repris ou créés sur d'autres scènes, et il méritait à coup sûr mieux que les quelques lignes nécrologiques que lui ont généralement consacrées les journaux.

Louis-Paul-Edouard Brindeau est né à Paris le 29 décembre 1814. Il commença ses études à la pension si connue par le nom de son fondateur Prosper Goubaux, qui fut aussi auteur dramatique sous le pseudonyme de Dinaux, qu'il avait formé de la dernière désinence de son nom et de celle son collaborateur Beudin et duquel ils signèrent quelques-uns des grands drames les plus illustres de l'école romantique, notamment *Trente ans ou la vie d'un joueur*, *Richard d'Arlington*, *Louise de Lignerolles*, etc... Goubaux conduisait ses élèves aux cours du collège Bourbon. C'est là que Brindeau se lia d'une vive et durable amitié avec les fils de Talma. On peut dire que cette affection mutuelle dura jusqu'à la mort, car le dernier fils de Talma le commandant Basile Talma a précédé de trois jours son ami Brindeau dans la tombe. « Pourquoi ne m'a-t-il pas attendu ? » s'est écrié Brindeau quand on lui apprit la mort de son vieil ami d'enfance ; et le chagrin qu'il ressentit de cette perte qui lui fut d'autant plus sensible que la maladie l'avait lui-même rendu plus faible, avança à coup sûr sa fin de plusieurs semaines.

Brindeau ne suivit que jusqu'à seize ans les cours du collège Bourbon ; des revers de fortune obligèrent ses parents à lui faire cesser ses études pour le mettre plus vite à même de subvenir à ses besoins et à son entretien par son travail. Il entra alors chez un banquier. Mais il avait peu de goût pour les affaires et surtout pour les chiffres, et d'ailleurs une invincible vocation l'attirait vers le théâtre. Il s'engagea alors dans la troupe des frères Seveste, qui exploitait la banlieue de Paris, et il débuta au théâtre de Belleville. C'était l'époque où Bressant, Félix et bien d'autres, qui ont acquis par la suite plus ou moins de renommée, faisaient aussi leurs premiers essais dans l'art dramatique. Mais ce qu'il y a de curieux c'est que Brindeau, qui débutait dans la comédie, y réussit surtout comme chanteur de couplets. Il avait, en effet, une fort jolie voix de *tenorino,* et il fut tout d'abord applaudi à ce titre, beaucoup plus que comme comédien. Il ne resta d'ailleurs, que pendant un an dans la troupe des Seveste, et il obtint ensuite un début au Gymnase où il parut pour la première fois dans *la Reine de quinze ans,* l'une des jolies comédies de Bayard. Il n'y réussit que médiocrement; mais cependant le directeur du Gymnase avait deviné en lui de précieuses qualités qu'il l'engagea à cultiver, d'abord sur des scènes moins relevées et moins suivies que la sienne.

« Allez en province, lui dit-il; le public y est moins difficile; jouez pendant un an ou dix-huit mois

tout le répertoire, et venez me revoir ensuite. »
Brindeau profita du conseil et s'engagea dans une
troupe nomade qui commença ses tournées par
Dieppe.

Il revint à Paris l'année suivante (1834) et
trouva aussitôt un engagement au théâtre du Vaudeville de la rue de Chartres, où il débuta le 2 mai
1834 par le rôle de l'abbé de Gondi dans un *Duel
sous le cardinal de Richelieu.* Suzanne Brohan,
qui se trouvait alors en représentations au Vaudeville, encouragea le jeune débutant de ses précieux
conseils. Le public n'avait fait à Brindeau qu'un
accueil médiocre; la brillante Suzanne, la mère si
charmante et si admirée des deux éminentes comé-
diennes qui devaient lui succéder au théâtre, sous le
nom d'Augustine et de Madeleine Brohan, s'intéressa
à Brindeau. Elle lui fit prendre surtout son mal en
patience, car son séjour au Vaudeville ne fut pour
lui qu'une occasion de travail, et non de succès. Il y
végéta, en effet, dans les rôles secondaires qui ne
pouvaient le faire suffisamment valoir.

Trois ans plus tard Brindeau quitta le Vaudeville
pour les Variétés où il débuta le 6 avril 1837 par
le rôle de Léon dans *la Semaine des Amours.* Il y
obtint un vif succès dû aussi bien au charme de
son talent qu'à celui de sa personne. Jeune, bien fait,
de tournure distinguée, il avait tout ce qui constitue

l'artiste complet destiné à l'emploi des jeunes premiers et des amoureux. Il se trouva dès ce jour même en présence de Bressant qui tenait le même emploi aux Variétés et tous deux se partagèrent les rôles et le succès. Par une singulière coïncidence tous deux avaient une voix agréable, et une certaine habileté de chanteur. Les vaudevilles à couplets furent donc tout particulièrement favorables à Brindeau qui fit montre en même temps de qualités de premier ordre comme comédien. *Le Chevalier de Saint-Georges*, *Mathias l'Invalide*, *le Chevalier du Guet* et je ne sais combien d'autres pièces célèbres du temps le mirent en lumière et, de jour en jour, il acquit une véritable et sérieuse influence sur le public. Il demeura cinq ans dans cette situation brillante et c'est aux Variétés qu'en 1842 l'administration de la Comédie-Française vint le chercher pour lui proposer d'aborder, à la rue de Richelieu, l'emploi des Molé, des Fleury, des Firmin, des Armand et des Menjaud.

C'était une bien grosse succession à prendre et on comprend que Brindeau ait d'abord hésité. Cependant l'ambition de briller, lui aussi, sur cette grande et illustre scène, lui fit renoncer aux avantages pécuniaires bien supérieurs qu'il avait aux Variétés, pour l'emploi modeste de pensionnaire dont il dut d'abord se contenter à la Comédie-

Française. Il y débuta le 18 mai 1842 par le rôle de Bolingbroke du *Verre d'eau*.

Ce premier début ne fut point favorable à Brindeau ; il lui manquait surtout l'habitude de cette grande maison où le respect de la tradition est toujours demeuré obligatoire pour tout comédien, si original et si indépendant qu'il puisse ou qu'il désire paraître. Brindeau avait surtout pour lui sa bonne tenue et sa bonne mine ; quelques mois passés à la rue de Richelieu, un désir tenace de bien faire, et d'arriver au premier rang, une volonté persistante dans l'étude, dans le travail des rôles et dans l'observation minutieuse des grandes traditions dont nous parlions tout à l'heure, lui conquirent bien vite tous les suffrages. Le 6 août suivant, après avoir repris quelques pièces du répertoire [1] il effectua sa première création par le rôle de Robert de Bréhant dans *le Dernier Marquis*, drame médiocre d'ailleurs, de M. Romand ; le 17 octobre suivant, il créa le joli rôle de Raoul d'Estouville dans *le Portrait vivant*, comédie de Mélesville et Laya, longtemps restée au théâtre, et enfin le 27 janvier 1843 il parut dans un des personnages les plus difficiles à interpréter et aussi l'un de plus brillants

---

1. Voir, à l'appendice, la liste générale des rôles repris ou créés par Brindeau à la Comédie-Française.

du vieux répertoire, celui du chevalier dans la comédie de Dancourt *le Chevalier à la mode.*

De ce jour date pour Brindeau la véritable prise
de possession de son double emploi de jeune premier et de grand premier rôle à la Comédie-Française. L'attention publique s'attache à lui et ses camarades l'appellent, dans cette même année 1843,
un an seulement après ses débuts, aux honneurs du
sociétariat.

Nous ne suivrons pas Brindeau dans tous les rôles
qu'il créa ensuite, ou qu'il reprit soit dans l'ancien,
soit dans le nouveau répertoire; on en trouvera le
détail complet à la fin de cette brochure. Nous ci-
terons cependant, comme lui ayant été particulièrement favorables, Dorante des *Jeux de l'amour et
du hasard,* le marquis de *Turcaret* et les créations
du duc d'Anjou dans *les Demoiselles de Saint-Cyr,*
de Rosemberg dans *Eve,* cette spirituelle et fine
comédie de Léon Gozlan, et de Léopold dans *la Tutrice.*

L'année suivante (1844), Brindeau crée César du
Mari à la campagne, et en 1845, Richelieu dans
une Soirée à la Bastille. On le remarque pour sa
bonne mine et sa brillante tenue, en 1846, dans le
rôle si avantageux pour lui de Gaston d'*une Fille
du Régent,* et surtout en 1847 dans le personnage
de Saverny, lors de la reprise de *Marion Delorme.*

Enfin, dans cette même année, le 27 novembre, Brindeau a la bonne fortune de créer le premier rôle d'homme de la première pièce de Musset jouée à la Comédie-Française, dans *un Caprice*. Ce fut là tout un événement, et des plus littéraires, aussi bien dans la carrière de Brindeau que pour les annales de la Comédie-Française. Brindeau a eu le bonheur, et la gloire à la fois, d'attacher son nom à la création successive des plus illustres pièces du charmant poète, et ce fait mérite d'être signalé tout à fait à part dans sa longue et belle existence dramatique.

On sait que c'est madame Allan qui rapporta, de Saint-Pétersbourg ainsi que le dit alors très spirituellement Théophile Gautier, *le Caprice*, « dans un coin de son manchon. » Elle avait d'abord joué ce fin et mignon proverbe au grand théâtre impérial, devant les princes, devant la cour, devant l'empereur Nicolas lui-même et elle y avait obtenu un vif succès. Elle voulut donc débuter dans cette même pièce, à la Comédie-Française, où elle revenait prendre cette suite de brillants succès qu'une mort prématurée, hélas! interrompit moins de dix ans plus tard [1]. Elle retrouva ce même succès à Paris, et il dut alors lui être plus particulièrement sensible

---

1. Madame Allan est morte le 22 février 1856.

que celui qui l'avait accueillie dans ce rôle de madame
de Léry sur les bords de la Néva. Quant à Brindeau,
il joua le personnage de Chavigny, ce grand seigneur
désabusé et blasé, avec beaucoup de verve, et surtout avec beaucoup de tenue et de distinction. La
comédie de Musset ainsi interprétée, ayant encore
madame Judith, pour le rôle de Mathilde, causa
un étonnement universel. Personne ne s'était douté,
même parmi ceux qui avaient lu le plus souvent les
adorables comédies et proverbes du chantre de la
jeunesse, qu'elles pussent réussir au théâtre. Et ce
qu'il faut en outre faire remarquer, c'est que ce
n'est pas à Paris que l'expérience de leur valeur scé-
nique fut tentée, mais bien sur une scène étran-
gère où cet esprit si vivace, si brillant et surtout si
français ne semblait pas avoir la chance d'être aussi
bien apprécié et compris.

L'année suivante (1848) il se passa un autre fait assez curieux à noter dans l'existence artistique de Brindeau ; le 27 février, au lendemain du triomphe du
peuple sur la royauté, la foule qui remplissait la
salle du Théâtre-Français, où était donnée une représentation au bénéfice des blessés de février, réclama
à grands cris *la Marseillaise*. Personne au théâtre
ne savait le chant national qui dormait depuis si
longtemps dans l'oubli ; alors Brindeau s'offrit à le
déclamer, le livret à la main, et il y obtint un succès

considérable. Il ne le déclama par le fait, ni ne le chanta non plus; il indiqua seulement, à l'aide de la voix charmante dont nous avons dit qu'il était doué, le rhythme et le ton de chaque couplet comme dans une sorte de mélopée et de façon à conserver à l'inspiration de Rouget de l'Isle sa saveur à la fois patriotique et sauvage. Deux jours encore, les 28 et 2 mars il dut redire *la Marseillaise* que Rachel ne chanta pour la première fois que le 6 mars suivant, en se modelant sur Brindeau pour donner à l'hymne national le même caractère que cet habile artiste avait cru devoir lui laisser.

Le grand succès du *Caprice* donna la pensée à la direction du Théâtre-Français de tenter d'acclimater à la scène quelques autres comédies de Musset; le 7 avril, le proverbe *Il faut qu'une porte soit ouverte ou fermée*, fut mis pour la première fois à la scène avec madame Allan dans le rôle de la marquise et M. Brindeau dans celui du comte. Le succès ne fut pas moins grand pour cette seconde tentative que pour la première. Brindeau se montra charmant et distingué, plein de ce laisser-aller négligent du grand seigneur viveur et galant devenu subitement amoureux. Décidément Musset, auteur dramatique, conquérait la mode, car ce fut une mode d'abord; le goût ne vint que plus tard dans l'appréciation juste des quelques délicieuses pièces du poète qui désormais feront toujours l'honneur et la gloire du répertoire de la Comédie-Française. Aussi le 22 juin de la même année, — hélas! en pleine guerre civile, — ce fut le tour d'*Il ne faut jurer de rien*, où Brindeau créa, avec tant de légèreté et d'esprit, le rôle du sceptique Valentin qui, finalement, se laisse prendre comme les autres au charme de l'amour vrai. Cette fois madame Allan n'était pas de la partie et ce fut madame Mante qui créa le joli rôle de la baronne, et la blonde et regrettée Luther celui de Cécile. Je ne rappelle que pour mémoire le vif succès qui accueillit cette jolie comédie, dans laquelle M. Got trouva l'occasion de se signaler d'une manière toute particulière par la création de cet abbé de campagne dont il a fait un type inoubliable.

En présence du succès répété des comédies de Musset, le Théâtre-Français crut devoir lui demander d'en composer une spécialement pour lui, mais la tentative ne fut pas heureuse. En effet, *Louison*, comédie en deux actes, en vers (22 février 1849), ne réussit pas. La pièce est d'une froideur et d'une monotonie sans pareilles. Brindeau y créa le rôle du duc. Mais Musset prit sa revanche l'année suivante (29 juin) avec *le Chandelier*, qui réussit complètement. Brindeau créa le rôle de Clavaroche avec un très grand succès. Samson, Delaunay, Got, madame Allan, complétaient une interprétation éclatante et telle que la pièce, souvent reprise depuis, n'a jamais retrouvé son égale.

Entre-temps, Brindeau créait, en compagnie de mademoiselle Rachel, deux petits bijoux poétiques dans lesquels l'illustre tragédienne semblait vouloir prendre une sorte de repos au sortir de ses grands rôles tragiques, *le Moineau de Lesbie* (22 mars 1849) et *Horace et Lydie* (19 juin 1850). Brindeau joua, dans la première de ces pièces, le rôle de Piso, et dans la seconde celui d'Horace. Il portait très gracieusement le costume antique et il eut un grand succès de diction dans les vers de Barthet et de Ponsard. Nous le retrouvons encore avec mademoiselle Rachel dans la reprise de *Mademoiselle de Belle-Isle* (25 janvier 1850) où il joue Richelieu avec une bien spirituelle impertinence. L'année suivante il crée le joli rôle de Vaudreuse, dans *la Fin du roman* (31 mai), cette fine comédie de Gozlan qui va devenir l'une des plus représentées et des plus applaudies de son répertoire. Le 14 juin, Brindeau joue Octave dans *les Caprices de Marianne*, comédie de Musset que le théâtre de la rue de Richelieu représente pour la première fois. Cette œuvre si capricieuse et si fantaisiste, si remplie de poésie surtout, n'obtient qu'un succès littéraire, d'ailleurs plein de saveur et de curiosité. Brindeau est très remarqué et très brillant dans Octave. La

pièce est d'ailleurs exceptionnellement montée.
L'année suivante, aux côtés mêmes de mademoiselle
Rachel, Brindeau crée le rôle de de Piennes dans le
drame en vers d'Augier, *Diane*, dont le succès
n'est que modéré. Le 4 juillet, il joue pour la première fois Alceste du *Misanthrope*, et le succès
qu'il y obtint l'engagera à choisir ce rôle, sept ans
plus tard, pour sa représentation de retraite. Dans
cette même année 1852, le 11 novembre, Brindeau
trouve dans une comédie nouvelle de Mélesville,
Sullivan, le meilleur rôle peut-être de toute sa carrière. Il donne toute sa mesure, bien complète,
dans ce personnage d'ailleurs si bienvenu d'un viveur qui doit conserver, jusque dans la débauche,
sa distinction native et son éducation personnelle.
Le registre de la comédie constate, par une note
spéciale, le vif succès de cette pièce qui est l'avant-
dernière que Brindeau ait créée à la Comédie-Française.

C'est en 1853, le 18 octobre, dans la comédie de
M. Aylic Langlé intitulée *Murillo* que Brindeau
fit sa dernière création. La pièce n'eut qu'un médiocre et court succès, mais Brindeau y réussit tout
particulièrement, et cette fois au moins autant comme
chanteur que comme comédien. Il avait, en effet,
dans son rôle de Murillo à chanter un boléro dont
Meyerbeer avait composé la musique et il s'en tira

2.

avec beaucoup de goût et un succès personnel des plus flatteurs.

C'est à ce moment que commença à s'agiter la grosse question de l'entrée de Bressant à la Comédie-Française. Les négociations ne devaient aboutir que l'année suivante, mais dès qu'il les connut, dès qu'il sut dans quelles conditions l'admission du jeune premier du Gymnase allait être prononcée, décidée et décrétée, Brindeau comprit que sa situation à la rue de Richelieu était définitivement compromise. L'entrée de Bressant à la Comédie-Française avec des avantages exceptionnels et même irréguliers au point de vue du règlement, devint en effet pour Brindeau la cause de déceptions répétées et de froissements d'amour-propre qui amenèrent sa retraite. Contrairement à tous les usages, nous difons même à toutes les convenances, on retira à Brindeau ses meilleurs rôles pour les donner au nouveau venu, et Brindeau fut tenu dans un éloignement et une sorte de disgrâce contre lesquels il jugea que toute protestation ne pouvait être que stérile. Il crut donc plus digne de se retirer, et il le fit sans bruit, avec beaucoup de tact et de respect de lui-même. Au mois d'août 1854, il cessa d'appartenir à la Comédie-Française, et ce n'est que cinq ans plus tard qu'il obtint la représentation de retraite à laquelle il avait droit (26 février 1859). Il reparut ce soir-là

pour la dernière fois, sur cette grande scène où
il laissait de si brillants souvenirs, dans Alceste du
Misanthrope et dans Vaudreuse de *la Fin du Roman*[1].

On ne saurait trop louer Brindeau de la décision
si honorable qu'il sut prendre en cédant la place à
ce charmeur qui avait nom Bressant. Il est certain
que ces deux artistes ne pouvaient demeurer l'un à
côté de l'autre sur une scène où les mêmes rôles
devaient leur être dévolus. La lutte n'était pas possible et, dans tous les cas, elle n'eût été profitable qu'à
Bressant, alors tout à fait dans l'éclat de sa réputation, aimé des dames, applaudi par elles, et enfin
ajoutant à ses brillantes qualités l'attrait si considérable de ce « nouveau » qui pèse d'un si grand poids
et a une telle influence sur beaucoup de succès au
théâtre qui souvent ne sont pas expliqués autrement.
Bressant avait certes assez de talent — et il a fait
preuve de sa haute valeur pendant vingt ans à la Comédie-Française — pour survivre à ce premier succès
d'engouement pour sa personne, mais il ne put le faire
qu'en reprenant d'abord l'un après l'autre la plupart
des rôles créés par Brindeau, et ce sera la gloire

---

1. La recette de cette représentation s'éleva au chiffre
de 5,713 francs.

éternelle de cet éminent artiste de l'y avoir précédé.

En quittant la Comédie-Française, Brindeau fut naturellement l'objet de nombreuses propositions d'engagement sur des scènes de genre, notamment le Vaudeville et le Gymnase où l'on joue souvent des œuvres dignes du Théâtre-Français qui les recueille ensuite quelquefois. Il accepta alors un traité avec MM. Boyer et Goudchaux, directeurs du Vaudeville, et il débuta sur cette scène le 31 août 1854 dans une pièce des plus médiocres *le Fauconnier*. La pièce tomba et son insuccès rejaillit sur Brindeau lui-même; mais il prit une ample revanche le 3 octobre suivant, avec *la Maîtresse du mari*, comédie de Duflot et Desarbres, qu'il joua fort longtemps de suite et qui fit désormais partie de son répertoire en France et à l'étranger.

En effet, l'année suivante, Brindeau rompit son engagement avec le Vaudeville et il commença à organiser les tournées départementales qui devaient lui être d'abord si fructueuses. Associé avec Delvil, qui depuis a si brillamment fait sa fortune au Théâtre du Parc, en Belgique, ils engagèrent à frais communs plusieurs artistes parisiens et ils parvinrent à composer une troupe très convenable et même supérieure comme ensemble aux troupes nomades qui parcourent ordinairement la province. Un succès considérable accueillit la troupe de Brindeau qui joua surtout alors dans le nord de la France. Le répertoire se composait, en dehors de pièces qui venaient d'obtenir un vif succès à Paris, telles que *le Demi-Monde* de Dumas fils et *les Parisiens de la décadence*, de Barrière, des comédies les plus célèbres où s'était distingué Brindeau pendant son séjour à la Comédie-Française. L'année suivante, Brindeau fit, par engagement spécial, la même tournée à Lyon et il n'y obtint pas moins du succès sur le théâtre des Célestins où, pendant toute une saison, il donna sans interruption trois représentations par semaine.

C'est à ce moment qu'il accepta de brillantes propositions pour l'Allemagne. Il renouvela les engagements de sa troupe, compléta quelques vides et, en 1857, il alla donner à Vienne des représentations qui furent suivies par tout ce que la capitale de l'Autriche comptait de plus considérable dans la haute société. C'est au théâtre de la Wien, une des plus belles salles de toute l'Allemagne, qu'eurent lieu ces représentations qui se composèrent de tout le répertoire de Brindeau, aussi bien de celui des Variétés que de la Comédie-Française. Brindeau fut personnellement l'objet des prévenances les plus engageantes de la part de tous les grands seigneurs qui fréquentaient le théâtre, et il fut souvent reçu chez eux, dans l'intimité même de la famille. Enfin, la vogue dont il jouit alors alla tellement en s'augmentant, que l'impresario du théâtre dut, sur les instances du public et des abonnés, contracter avec lui un engagement de dix années. Mais des difficultés étant survenues entre Brindeau et cet impresario qui refusa ensuite de tenir sa promesse, l'artiste français crut de sa dignité de renoncer à la fois à un procès qui pouvait être fort long et aux bénéfices que l'engagement ainsi dénoncé devait lui procurer. Il quitta donc l'Allemagne suivi des regrets de tout le monde. La société viennoise voulut même lui donner un témoignage tout personnel de sa sympathie et bien marquer qu'elle prenait fait et cause pour lui dans le différend survenu avec l'impresario de la Wien, en s'abstenant pendant toute la saison suivante de paraître aux représentations du Théâtre-Francais, exemple qui lui avait été donné d'ailleurs par le personnel de l'ambassade de France à Vienne qui laissa vide sa loge pendant toute l'année.

En 1858, Brindeau s'en fut donner des représentations en Italie, mais elles furent vivement contrariées par les préoccupations politiques du pays, en raison surtout des troubles qui suivirent l'attentat d'Orsini à Paris. Ce fut une campagne malheureuse à la suite de laquelle Brindeau accepta de jouer au cachet à l'Ambigu. Il n'y séjourna d'ailleurs que fort peu de temps, et y reprit *Angèle* d'Alexandre Dumas, puis l'année suivante, il se lia par un solide traité avec son ami Lurine qui venait de prendre la direction du Vaudeville. C'est à cette époque qu'il créa *la Seconde Jeunesse, les Lionnes pauvres, Rédemption*, etc.... C'est un des moments les plus brillants de sa belle carrière, et il trouve en effet, dans des pièces littéraires véritablement dignes de la Comédie-Française, un succès qui le place tout à fait hors de pair à la tête de l'excellente troupe du Vaudeville.

En 1862, le 3 mai, il reprend à l'Odéon le rôle de Desgenais dans *les Parisiens* de Barrière et il le joue un très grand nombre de fois, puis, le 8 septembre suivant, il reparaît à la Porte-Saint-Martin par la création du rôle du prince de Gonzague dans *le Bossu*, ce drame de Féval et de Sardou dont la vogue a duré une année tout entière. C'est pendant ce séjour à la Porte-Saint-Martin qu'il reprit *Don Juan de Marana* avec Mélingue, entre deux séries de représentations de l'éternel *Bossu*.

Je le trouve en mai 1864 en représentations au théâtre du Parc à Bruxelles, jouant avec un très vif succès le rôle du duc d'Aléria dans *le Marquis de Villemer*, rôle que Berton le père venait de créer avec beaucoup d'éclat à l'Odéon (février). Au mois d'octobre suivant, à la réouverture de l'Odéon, Brindeau sollicité par la direction, qui n'avait plus Berton sous la main, consentit à reprendre le rôle créé par lui. Et, chose assez rare, il y obtint un succès au moins égal à celui du créateur du rôle et il le joua beaucoup plus longtemps que lui.

A dater de cette époque la carrière dramatique de Brindeau se répète beaucoup, si l'on peut s'exprimer ainsi, car l'éminent artiste passe d'une scène à l'autre, sans se fixer définitivement sur aucune, créant ou reprenant dans les théâtres de genre ou de drame, *le Crime de Faverne, les Etats de Blois, la Closerie des genêts, Mademoiselle Trente-six vertus, le Mousquetaire du Roi,* et finalement *le Mariage d'Olympe,* qui est la dernière pièce où il ait paru avant sa mort (Gymnase, 30 novembre 1880).

Il est deux rôles cependant qu'il faut signaler à part dans la longue liste de ceux qu'il joua à cette dernière époque de sa vie : c'est d'abord sa brillante création d'Alfred de Senonches dans le drame d'Alexandre Dumas père, *Madame de Chamblay* (4 juin 1868) et la reprise des *Pattes de Mouche* au Vaudeville.

C'est à la salle Ventadour que fut représentée pour la première fois *Madame de Chamblay.* On trouvera la curieuse histoire de cette pièce dans l'amusante et instructive préface dont Alexandre Dumas en a fait précéder l'impression (Tome XV de son *Théâtre complet*). Brindeau montra des qualités de premier ordre dans la création du rôle, si original et si bienvenu d'ailleurs, du fantaisiste préfet qu'il avait à représenter. C'est à ce personnage amusant, et surtout à sa brillante interprétation que la pièce dut avant tout son succès.

« Brindeau, dit Dumas dans sa Préface, fit dans le rôle du Préfet une de ces créations qui se répandent à la fois sur le passé et sur l'avenir d'un artiste. Il est impossible de mêler plus de tenue à plus de désinvolture, et plus d'abandon à plus de dignité. Je ne puis ni louer ni critiquer Brindeau dans ce rôle, forcé que je suis de ne rien critiquer et de louer tout. »

Le 31 octobre suivant, Brindeau reprit le rôle, avec le même succès, à la Porte, Saint-Martin, où mademoiselle Rousseil joua le personnage de madame de Chamblay, qui avait été créé par madame Dica-Petit à Ventadour.

L'année suivante (1869) Brindeau réapparut au Vaudeville dans *les Pattes de Mouche*, de Sardou, créées au Gymnase par Lafontaine et Rose Chéri. Il reprenait, à la nouvelle salle récemment inaugurée au coin de la Chaussée d'Antin, l'amusant personnage de Prosper Block où Lafontaine avait tant réussi en 1859, tandis que madame Fargueil reprenait le personnage de Suzanne dans lequel Rose Chéri a laissé de si beaux souvenirs. Brindeau joua, en grand comédien, en véritable artiste ayant toujours conservé les traditions de ce Théâtre-Français où il avait si longtemps brillé, ce joli rôle de Prosper si plein de nuances délicates, de piquantes et spirituelles reparties et qui est l'un des plus fins et des plus étincelants à la fois du répertoire de Sardou. La pièce ainsi montée fit de grosses recettes et le Vaudeville désenguignonné put croire pour un moment à une longue durée de sa nouvelle fortune que la guerre avec l'Allemagne vint bien cruellement interrompre au mois de juillet 1870.

La fin de la vie de Brindeau, les dernières années de sa carrière dramatique furent difficiles et pénibles, surtout en raison des événements. Pendant la Commune, il alla jouer à Londres avec ses camarades du Vaudeville. Il cessa d'ailleurs bientôt d'appartenir à ce théâtre, et cela au moment et à propos de la distribution de la pièce la plus célèbre de Sardou *Rabagas*, et à la suite d'un différend avec son directeur. Il reprit alors sa liberté et alla donner quelques représentations en province ; à son retour, il contracte un engagement avec Chilly, alors directeur de l'Odéon, lequel meurt subitement avant que les effets mêmes de cet engagement eussent commencé. Ce fut M. Duquesnel qui remplaça Chilly, et pen-

dant un an Brindeau continua d'appartenir à l'O-
déon, comme artiste, mais surtout comme admi-
nistrateur et directeur de la scène.

L'année suivante (1874), il reprit sa vie nomade
et devint directeur du Théâtre de Liège. C'est là
qu'il commença à souffrir du mal qui huit ans plus
tard devait l'emporter. Les nombreux déboires et
les difficultés de sa direction contribuèrent à aggra-
ver son état. Il se remit d'abord, mais il était ruiné.
Son entreprise liégeoise avait fini par un désastre
et tout ce que possédait Brindeau fut englouti dans
la liquidation de sa malheureuse aventure. En 1879
il accepta, pour gagner le plus d'argent possible en
peu de temps, un engagement à Saint-Pétersbourg.
Mais il n'accomplit même pas entièrement la première année de cet engagement, miné qu'il était
par le chagrin, sa maladie elle-même qui faisait
d'incessants progrès et la contrariété que lui causait
ce long éloignement des siens. Il revint donc à Paris
et prit quelque temps de repos.

Nous le retrouvons à la fin de 1880 au Gymnase,
reprenant le rôle du grand marquis dans *le Mariage d'Olympe* (30 novembre), qu'il joua encore
soixante fois de suite. Mais cet effort même était
supérieur à ses forces et il se retira définitivement
en même temps que la pièce, où il jouait pour la
dernière fois, quittait l'affiche de ce théâtre qui

avait vu ses premiers débuts. Il végéta pendant toute l'année 1881, luttant contre le mal qui faisait chaque jour de plus irréparables progrès, et enfin il mourut le 9 mars 1882 dans les bras de son gendre et de sa fille, M. et madame Frédéric Febvre.

Je ne crois pas qu'il y ait beaucoup d'existences artistiques mieux et plus complètement, j'ajouterai même plus consciencieusement remplies que celle de Brindeau. Il avait au suprême degré l'amour de son art, et il travaillait constamment. S'il ne fut pas un artiste éclatant — et combien ont mérité d'être ainsi qualifiés dans le temps où nous vivons ! — il fut à coup sûr un comédien de premier ordre. La liste de ses rôles de la Comédie-Française, que nous donnons ci-après, prouvera mieux que toute autre démonstration, combien son talent était varié. Si l'on considère en outre que, de 1854 à 1882, c'est-à-dire après sa sortie du Théâtre-Français, et pendant près de trente ans il continua à jouer sur les théâtres les plus différents et dans les genres les plus divers, on reconnaîtra qu'il n'y a pas eu au théâtre de carrière plus longue, plus féconde, et qui ait mieux mérité d'être racontée.

Juin 1882

LISTE GÉNÉRALE DES ROLES

CRÉÉS OU REPRIS

Par BRINDEAU

A LA COMÉDIE-FRANÇAISE

LISTE GÉNÉRALE DES ROLES

CRÉÉS OU REPRIS

PAR BRINDEAU, A LA COMÉDIE-FRANÇAISE

1. — 18 mai (Débuts): *Le Verre d'eau,* comédie en 5 actes de Scribe (Bolingbroghe).

2. — 21 mai : *Les Femmes savantes,* comédie en 5 actes de Molière (Clitandre).

3. — 21 mai : *Le Jeune Mari,* comédie en 3 actes de Mazères (Oscar).

4. — 1ᵉʳ juin : *Une Chaîne,* comédie en 5 actes de Scribe (Emeric).

5. — 16 juin : *Le Joueur,* comédie en 5 actes de Regnard (Valère).

6. — 6 août : Première représentation de *Le dernier Marquis,* drame en 5 actes en prose de M. Romand (Robert de Bréhant).

7. — 17 octobre : Première représentation de *Le Portrait vivant,* comédie en 3 actes en prose de Mélesville et Laya (Raoul d'Estouville).

8. — 15 décembre : *L'école des Vieillards,* comédie en 5 actes de Casimir Delavigne (Duc d'Elmar).

1843

9. — 27 janvier : *Le Chevalier à la mode*, comédie en 5 actes de Dancourt (Le Chevalier).

10. — 8 avril : *Tartufe*, comédie en 5 actes de Molière (Valère).

11. — 19 avril : Première représentation de *L'Art et le Métier*, comédie en 1 acte, en vers, de Masselin (Jacobus).

12. — 30 mai : *Les Etourdis*, comédie en 3 actes d'Andrieux (Folleville).

13. — 11 juin : *L'Avare*, comédie en 5 actes de Molière (Valère).

14. — 21 juin : *Les Jeux de l'Amour et du Hasard*, comédie en 3 actes de Marivaux (Dorante).

Les autres rôles sont joués par mesdames Plessy (Sylvia) A. Brohan (Lisette) et Regnier (Pasquin).

15. — 25 juillet : Première représentation de *Les Demoiselles de Saint-Cyr*, comédie en 5 actes d'Alexandre Dumas (Duc d'Anjou).

La pièce a, depuis, été remise en 4 actes par M. Regnier.

16. — 7 septembre : *Turcaret*, comédie en 5 actes de Le Sage (Le marquis).

17. — 10 octobre : *Valérie*, comédie en 3 actes de Scribe et Mélesville (Ernest).

18. — 4 novembre : Première représentation de

Eve, comédie en 5 actes, en prose, de Léon Gozlan (Rosemberg).

19. — 27 novembre : Première représentation de *La Tutrice*, comédie en 3 actes, en prose, de Scribe et P. Duport (Léopold).

1844

20. — 30 mars : *La Jeune femme colère*, comédie en 1 acte d'Etienne (Emile).

21. — 4 mai : *Louise de Lignerolles*, drame en 5 actes, en prose, de Dinaux et Legouvé (Henri de Lignerolles).

22. — 3 juin : Première représentation de *Le Mari à la campagne*, comédie en 3 actes, en prose, de Bayard et de Wailly (César).

23. — 17 octobre : *Marie ou les Trois Epoques*, comédie en 3 actes de madame Ancelot (Charles).

1845

24. — 30 avril : Première représentation de *Une soirée à la Bastille*, comédie en 1 acte, en vers, d'Adrien Decourcelles (Richelieu).

25. — 6 juin : *Le Menteur*, comédie en 5 actes, en vers, de Corneille (Dorante).

26. 30 juillet : *Le Barbier de Séville*, comédie en 4 actes de Beaumarchais (Le Comte).

27. — 31 juillet : Première représentation de *Une Confidence*, comédie en un 1 acte, en prose, de Ch. Potron (Le Marquis).

28. — 1er septembre : Première représentation de *L'Enseignement mutuel*, comédie en 5 actes, en prose, de Ch. Desnoyers et Eug. Nus (Rodolphe).

1846

29. — 1er avril : Première représentation de *Une Fille du Régent*, comédie en 5 actes, avec prologue, d'Alex. Dumas (Gaston).

30. — 16 juin : *Le Dissipateur*, comédie en 5 actes de Destouches (Cléon).

31. — 8 août : Première représentation de *Madame de Tencin*, drame en 4 actes, en prose, d'Eug. de Mirecourt et Marc Fournier (Tencin).

32. — 22 septembre : Première représentation de *Don Gusman ou la Journée d'un Séducteur*, comédie en cinq actes, en vers, d'Adrien Decourcelles (Gusman).

1847

33. — 15 janvier : *Don Juan ou le Festin de Pierre*, comédie en 5 actes de Molière (Don Carlos).

34. — 26 février : *Le Mariage d'argent*, comédie en 5 actes de Scribe (Poligny).

35. — 16 avril : Première représentation de *Un Poëte*, drame en 5 actes, en vers, de Jules Barbier (Murray).

36. — 13 mai : *Marion Delorme*, drame en 5 actes de Victor Hugo (Saverny).

37. — 8 juin : *Pour arriver*, comédie en 3 actes d'Emile Souvestre (Vernois).

38. — 27 novembre : Première représentation de *Un Caprice*, comédie en un acte d'Alfred de Musset (Chavigny).

C'est la première pièce de Musset représentée à la Comédie-Française. Les autres rôles sont créés de la manière suivante:

MATHILDE................ Mmes Judith.
MADAME DE LÉRY......... Allan-Despréaux.
UN DOMESTIQUE.......... M. Mathien.

C'est le premier début de madame Allan.

39. — 24 décembre : *Don Juan d'Autriche*, comédie en 5 actes de Casimir Delavigne (Don Juan).

1848

40. — 22 janvier : Première représentation de *Le Puff*, comédie en 5 actes de Scribe (Maxime).

41. — 27 février : *La Marseillaise*, chant patriotique de Rouget de l'Isle.

Brindeau chanta encore la *Marseillaise* le 28 février et le

2 mars. Mademoiselle Rachel ne la chanta pour la première fois que le 6 mars.

42. — 10 mars : Première représentation de *Le Dernier des Kernox*, drame en 3 actes d'E. Souvestre (de Rostan).

43. — 7 avril : Première représentation de *Il faut qu'une porte soit ouverte ou fermée*, comédie en 1 acte d'Afred de Musset (Le Comte).

Madame Allan crée le rôle de la Marquise.

44. — 28 avril : Première représentation de *La Marquise d'Aubray*, drame en 5 actes de Ch. Lafont (Le Vicomte).

45. — 22 juin : Première représentation de *Il ne faut jurer de rien*, comédie en 3 actes, en prose, d'A. de Musset (Valentin).

Voici la distribution des autres rôles :

VAN BUCK..................	MM.	Provost.
UN ABBÉ..................		Got.
UN MAITRE DE DANSE		Mathien.
LA BARONNE..............	Mᵐᵉˢ	Mante.
CÉCILE..................		Luther.

46. — 27 juillet : Première représentation de *Les Portraits*, comédie en 1 acte, en prose, de Decourcelle et Barrière (Le Marquis).

47. — 8 septembre : *La Gageure imprévue*, comédie en 1 acte de Sedaine (Détieulette).

1849

48. — 10 février : Première représentation de *L'A-mitié des femmes*, comédie en 3 actes, en prose, de Mazères (Bargy).

49. — 22 février : Première représentation de *Louison*, comédie en 2 actes, en vers, d'Alfred de Musset (Le Duc).

Voici la distribution des autres rôles :

BERTHAUD..	M. Régnier.
LA MARÉCHALE.............	Mmes Mélingue.
LA DUCHESSE..............	Judith.
LISETTE..................	Anaïs.

50. — 22 mars : Première représentation de *Le Moineau de Lesbie*, comédie en 1 acte, en vers, de M. A. Barthet (Piso).

C'est mademoiselle Rachel qui crée le rôle de Lesbie.

51. — 1er mai : Première représentation de *Compter sans son hôte*, comédie en 1 acte, en prose, d'Augustine Brohan (Le Marquis).

Les autres rôles sont créés par mesdames Aug. Brohan (la duchesse) et Bertin (Lucy).

52. — 15 août : Première représentation de *Passe-temps de Duchesse*, comédie en 1 acte, de M. de Montheau (Le Comte).

53. — 25 octobre : Première représentation de *Deux hommes*, comédie en 5 actes, d'Adolphe Dumas (Gaston).

1850

54. — 25 janvier : *Mademoiselle de Belle-Isle,* comédie en 5 actes d'Alex. Dumas (Richelieu).

Mademoiselle Rachel joue pour la première fois le rôle de mademoiselle de Belle-Isle

55. — 13 mars : Première représentation de *Le Carrosse du Saint-Sacrement*, comédie en 1 acte de Mérimée (Le Vice-Roi).

Voici la distribution des autres rôles de cette étrange pièce qui ne put être représentée que cinq fois :

MARTINEZ.................... MM. Got.
LE LICENCIÉ .... Monrose.
LA PÉRICHOLE............... Mmes A. Brohan.

A la deuxième représentation le rôle de l'Evêque dut être supprimé par ordre.

56. — 29 mai : Première représentation de *La Queue du chien d'Alcibiade*, comédie en 2 actes, en prose, de Léon Gozlan (Nelson).

57. — 19 juin : Première représentation de *Horace et Lydie*, 1 acte, en vers, de Ponsard (Horace.)

Mademoiselle Rachel crée le rôle de Lydie.

58. — 29 juin : Première représentation du *Chandelier*, comédie en 3 actes, en prose, d'Alfred de Musset (Clavaroche).

Les autres rôles sont créés de la manière suivante :

MAITRE ANDRÉ............. MM. Samson.
FORTUNIO.. .... Delaunay.

GUILLAUME .... Got.

LANDRY .... Mathien.

JACQUELINE .... Mmes Allan.

MADELON .... Bertin.

60. — 21 septembre : Première représentation d'*Un Mariage sous la Régence*, comédie en 3 actes, avec divertissement, de M. Léon Guillard (Henri).

1851

61. — 31 mai : Première représentation de *La Fin du roman*, comédie en 1 acte de Léon Gozlan (Vaudreuse).

C'est le premier début de mademoiselle Delphine Marquet dont le registre de la comédie constate le vif succès.

62. — 14 juin : Première représentation de *Les Caprices de Marianne*, comédie en 2 actes d'Alfred de Musset (Octave).

Les autres rôles sont créés de la manière suivante :

CLAUDIO................ MM. Provost.

CŒLIO................. Delaunay.

TIBIA................. Got.

MARIANNE .... Mmes Madeleine Brohan.

HERMIA .... Moreau-Sainti.

63. — 25 octobre : Première représentation de *Les Derniers adieux*, comédie en 1 acte, en prose, de MM. J. Barbier et Carré (Henry de Villiers).

1852

64. — 22 janvier : Première représentation de *Le Pour et le Contre*, comédie en 1 acte de MM. Laffite et Eug. Nyon (Le colonel Broussard).

65. — 19 février : Première représentation de *Diane*, drame en 5 actes, en vers, de M. Emile Augier (de Piennes).

C'est mademoiselle Rachel qui crée le rôle de Diane.

66. — 4 Juillet : *Le Misanthrope*, comédie en 5 actes de Molière (Alceste).

67. — 11 novembre : Première représentation de *Sullivan*, comédie en 3 actes, en prose, de Mélesville (Sullivan).

1853

68. — 18 octobre : Première représentation de *Murillo*, comédie en 3 actes, en vers, de M. Aylic Langlé (Murillo).

Imprimerie générale de Châtillon-sur-Seine, Jeanne Robert.

92